稔葉和歌集

湯浅洋一
YUASA Yoichi

文芸社

目次

五行分かち書き短歌の部

コロナ禍の
犠牲相次ぐ
暗き世に
追い打ちかけて
不幸来るとふ

人となり
育ちもかなり
良けれども
才に溺れる
悪癖ありき

自然主義
道徳主義の
二派ありき
「わいせつ」の意味
裸《はだか》乱用

連日の
裸乱用
乱気流
朝飯前の
乱れ技あり

当たり前
経済収支
キャッシュレス
売掛金の
手形決済

（簿記）

救いの手
差しのべるには
社会主義
隣人愛を
証《あか》すためにも

親子愛
隣人愛に
夫婦愛
愛ある社会
祖国愛にも

異端派の
ホモ・セックスと
レズ・セックス
生産的で
なくても良けれ

我がロゴス
いかなる時も
曇らぬは
名所巡りの
作用にあるか？

主権国
自由主義こそ
原理なれ
全方位外交
全方位防衛

危機ならむ
国連外の
政治的
拡大均衡
破綻の末の

（同盟国家群）

商行為
取引主体
だけでなく
社会の目をも
気にせよと言う

（近江商人）

仁の道
博愛・慈愛と
そのほかに
慈悲の意味をも
包括すらむ

祖父と祖母
幼少の孫
三世代
一つの宿に
暮らすもうれし
（大伴家持「わが宿の　いささ群竹
吹く風の　音のかそけき　この夕へかも」）

「理想的！」
世評は高し
日本の
民主社会主義
国家体制

新国家
政治は同じ
民主主義
経済タイプは
社会主義なり

自由主義
人権保障
重視する
制度体系
やはり変わらず

（憲法81条）

改正前
重視されてた
平和主義
改正以後も
より強化され

風に乗り
源氏蛍が
飛んで行く
疏水の脇に
淋しく群れて

（「悲の器」）

マルクスの
共産主義型
社会主義
統治の型が
全く違う

我々の
民主主義型
社会主義
総力革命
制度化を待つ

（以上二首、二つの社会主義）

若き日の
昔はやりし
ビラ文化
国連軍の
位置づけ如何に

国連軍
倒して何を
手にするか
「大漁旗《ばた》を
掲げて帰る」

会社とは
妻は間接
労働者
直接労使の
夫を介し

労働を
別の角度で
見るならば
二人労働
二人報酬

（新しい労働観）

この事変
総括すれば
社会主義
思想原理の
追加にあるらむ

真夜中に
目覚めて風に
音を聞く
茫々たるか
種々の思い出

まほろばの
大和の里に
春廻《めぐ》る
貴公子たちの
若やいだ顔

アッラーに
イスラムの姫
つぶやけり
聖なる言葉
アラビア語にて

イスラムの
砂漠の上に
寂し気な
アラビアの月
輝やき薄れ

個性的
人間作り
鋳型より
情愛込めた
人間の手で

（教育目標）

鋳型より
作られし人
定型の
機械人間
冷酷無情

（温度性ゼロ）

機械的
動きだけしか
取らぬ人
情性欠如
まずは疑え

感情の
乏しさ抱え
どこへ行く
薄情男
この冷たきに

工学上
電子二本の
平行が
新商品に
結晶せぬか

聖夜とは
夜の静けさ
身にまとい
事を決行
寸前の夜

韓国と
朝鮮国と
合すれば
朝鮮軍の
南下もあらむ

在日の
朝鮮軍が
日本の
防衛軍に
敵するとでも?

（在日特権について）

敵軍が
アラビア原理
主義ならば
味方の軍は
日米軍か

文学の
両輪の花
打ち揃う
理論文学
創作文学

攻略は
今度は空か
宇宙海
公海深し
水圧重し

激動の
龍馬の土佐を
波洗う
桂浜にも
月影は射す

「鬼畜なり」
軍の言葉を
鬼武者も
信じて不覚
取りにけるかも

母と子と
生活苦より
解放し
政治に絞り
新たにかける

（福祉資本への応援）

殺し合い
いつまで続く
ぬかるみか
飽きを感じる
足取り重く

鷗外の
「山椒大夫」
計らずも
人買い資本
人売り資本

恐らくは
音楽界の
奇跡かな
モーツァルトの
三段降りも

天皇制
君主制とは
縁なきか
貴族主義との
接点淡し

天皇制
幕府主義とも
縁はなし
将軍制の
足元固く

皇族制
貴族主義との
交点は？
それのみ一つ
浮いてはいぬか？

健全な
常識こそが
物事を
上手く処理する
方法・手段

月面は
いつもおんなじ
顔向ける
月の裏基地
方向同じ

経済の
犯罪毎に
つきまとう
「悪徳太子」の
誘惑強く

日の照りが
一日毎に
強くなり
琵琶湖の緑
格別深く

宇宙船
漕ぎ分けて行く
宇宙海
重力波切る
「宇宙光線」

条文の
虚構の上の
国民の
個人本位に
すべては帰する

体制が
変われば主権
変わるはず
国民主権は
個人主権へ

体制前
体制後とで
主権者の
階級主権
変化はしたか
（ブルジョア主権からプロレタリア主権へ
変化した証拠はあるか?）

風俗の
久しぶりなる
狂宴に
野性は踊る
夜のクネクネ

忌み言葉
言えば祟《たた》りを
招くらし
言わないことに
越したことなし

女性への
ひっかけ言葉
要注意
「レディー・ファースト
昔の遺物」

戦国の
笛吹川は
甲州の
つつじが原を
静かに流る

白人も
黒人も皆
肌の色
違いはあれど
ホモサピエンス

福祉保障
社会も個人も
助け合い
経済厚生
生活厚生

貴種・雑種
生み分けること
可能なら
♂の精子は
とりわけ念を！

（♀側の選択権）

家柄に
血統優位が
あるならば
生まれながらに
優秀なるか

確実と
言われて久し
遺伝学
ノーベル賞は
はるかに険し

ＤＮＡ
四アミノ酸
数列は
ＣＧＡＴ
虚数偶数

（ＤＮＡとＲＮＡ）
（メービウスの帯）

物狂い
「徒然草」の
兼好も
思いを懸けし
はずの病院

戦争も
常なる暮らし
伴いて
常念論を
井戸端でぶつ

（戦争と平和、相伴いて来たる）

唯一の
国の戦争
停止力
最高権力
国会にあり

（国会＝国権の最高機関）

鬼狂い
死ぬまで続く
ぬかるみの
原爆稼業
死の道を行く

和歌の音
体言止めの
余韻には
拍子木のごと
後に続かず

有数の
ロシア文学
二種ありぬ
社会のマクロ
心理のミクロ

〈ロシア文学の二種
マクロ文学――トルストイ　〈社会過程〉
ミクロ文学――ドストエフスキー　〈心理過程〉〉

Ａ・マルローと
カミュ、サルトル
フランスの
実存文学
通路はありき
（Ａ・マルロー、カミュ、サルトル
実存文学——自我と条件——時間論
※時間論——t_0時の条件とt_1時の条件——
構造主義への旅路→自分弁証法へ）

テーマ曲
「あれか　これか」の
発信源
キルケゴールの
同名の著書

実体の
弁証法は
二つあり
確かにそれは
い、ものと観念

日本人
他者を気にする
構えあり
サルトルの言う
「対他存在」
（対他存在＝他人からは、この私がどう見えているか——他人から見た私というもののイメージ）

（立場の互換性が顕著）

総選挙
社会政策
第一弾
反感買うか
共感得るか

レマン湖に
切羽詰まった
息使い
「武器よさらば」の
should　と　would

オスザルを
勢力誇示か
ひったくる
知性の差異か
野性の差異か

（メスザル同士の争い）

会社主義
イデオロギスト
我も又
労使一丸
主義者に候う

素粒子の
原子動力
自動車の
売上増に
直結せぬか

原子核
又は電子の
円運動
いずれが原子
力の素か

（プロトン力が原子核力）

偶然の
原子と原子の
擦過力
連続過程に
火を灯すかも

「オニ雲《うん》と
カニ雲《うん》二つ
丘に降る」
核分裂の
鍵にぎる語句

中間子
ゆるみて核が
こわれらば
中性子・陽子
裂けるもあらむ

核分裂
自然発火に
よるならば
自然鎮火を
待つのが良かろう

原子力
平和利用に
徹すべし
発電のみか
発育までも

（熱学・光学等）

騒ぎ立つ
はやる気持ちを
抑えるも
脳細胞の
原子力かな

後輩の
結婚式の
披露宴
特に目立つは
主だった人

（本日のスター）

ニュートンの
万有引力
原子なら
原子引力
ブラックホールか

自分らの
踏み荒されし
土地を見て
縄文土器人
怒り泣くなり

夕されば
墓地の草場に
迷い出る
幽霊たちの
悲しげな声

人間は
四十九日は
未成仏
忌明けと共に
成仏すとふ

神にもし
私有権ありと
するならば
地球は一人
神のものかは

快晴に
雲晴れ渡る
睦言《むつごと》の
翌る明日の
朝焼けの空

手裏剣の
十字の針が
飛び違う
甲賀の里に
柿食う忍者

社会主義
経済路線を
採るならば
自動的なる
戦争停止

（共産党の弁）

もし奇襲
戦法相手が
採るならば
いかなる自衛
可能であるか？

（ナチス・ドイツの電撃作戦）

夜の空
大鳥休む
銀色の
佐渡にも見えし
大銀河雲

天と地を
天の香具山
大和より
つなぎ止めたる
天の御柱

（天の御柱と空洞）

知の限り
企業アクション
追及し
我らが製品
舟出となりぬ

ニュートンの
運動法則
併せれば
マルクス・ニュートン
世界法則（？）

朝ぼらけ
有明けの月
まどろみて
露の掛かれる
長崎の海

のど笛に
ねらい澄ませる
円月の
剣の先なる
般若の仮面

（剣線）

敵剣が
敵に切り込む
剣線の
必殺技は
塵を切ること

（剣線切断）

草薙《くさなぎ》の
火も切り捨てる
鉄拳の
剣は霊の
現なるもの

プラズマの
超光線が
今将《まさ》に
相手に向けて
射たれむとする

整然と
平和秩序が
移行する
宇宙基地とは
そのようなもの

囲炉裏端
民話の語り
進み行き
笑顔はじけり
節分の日に

角行きて
飛車は十字に
将棋盤
金将銀将
王将守る

（松尾芭蕉、与謝蕪村、小林一茶の三者を比較して、三首）

人生は
芭蕉に学べ
古池や
奥の往路と
奥の復路と

古池の
蛙《かわず》飛び込む
寸前に
目の前ぷーん
蚊が飛び行けり

（古池の底＝天神の門）

やせ蛙
一茶の前で
跳んでみろ
どうせお前に
跳べはするまい

文学も
私《わたくし》なりの
完成を
遂に見るなり
金星を見る

原子力
使い方にも
よりにけり
原子銃弾
試みてみよ

労働の
生産力と
反比例
機械設備の
生産力は

テナガザル
我々ヒトを
ヒトザルと
思うか我を
見て手をたたく

憲法の
お咎め書きの
八か条
入れ替えなしと
今回見ゆる

（八か条＝天皇制の条文）

栂尾の
高山寺をも
色深く
秋は包めり
その懐に

陰裂線
子宮うずいて
陰唇線
あなたを求め
指が股間へ

闘争の
後の晴れ間の
二陣営
くたびれ損と
くたびれもうけ

物質に
約束事を
唱えても
電子蛍に
いのち無きなり

銀本位
金本位より
古きとふ
石見銀山
出雲に近し

ドル本位
他に代わりつつ
あるのかも
ユーロ本位に
なるのだろうか
(円本位?・国際金融市場)

(物理量×価格高《かかくだか》＝価値量)——物理量をx、価格高をyとすると、価値量はxy、その単位はユアサ、具体例としては、170円のノート2冊なら、
170円×2冊＝340円・冊＝340ユアサ（単位）となる。これが、1・7ドルのノート3冊なら、1.7ドル×3冊＝5.1ユアサ という国際経済通用単位ということになる。

先行の
物価水準
同じなら
ドル・円・ユーロ
どれでも同じ

支払いが
どれでも同じ
ことならば
単一世界
通貨でも良し⁉

世界中
単一通貨
ユアサなら
あるいはうまく
行くかもしれぬ

どこもかも
900ヘクト・
ユアサなら
その品の価値
いずれも同じ
（価値量が900ヘクト・ユアサなら
900ドルの支払いでも900円の支払
いでも全く同じ、ということになる）

近江富士
遠くに見ゆる
湖水端
白鳥一羽
冬空仰ぐ

秋深し
紅葉も散りぬ
無常なる
祇王も軽《かろ》き
渡殿《わたどの》の上

後世の
バサラ大名
狭かろう
浮きの地獄も
佐々木道誉よ

和歌山の
暴走族は
今もなお
そのまましき
生き方すらむ

ビデオにて
夜の生活
検ずれば
女性嫌いの
ほの見えるエロ

夜一時
のっぺらぼーの
人魂《ひとだま》に
食ってかからん
頬撫でるなと

サルがヒト
ヒトも段々
発達し
体毛次第に
薄くなるらし

我々の
民族主義の
家族愛
天皇主義と
又別のもの

「風土記」地理
「日本書紀」と
合わせれば
日本古代史
より正確に

大学を
改革せんと
全国が
立ち上がりし日
条約を読む

普通なる
自由主義には
敵はなし
不自由なるは
箱型の門

清張の
「ゼロの焦点」
さすがなり
ファンは今なお
陸続とせり

統治権
司法作用を
定めたり
立法・行政
二つに並び

東京の
万花一盛
盛り上がり
あらゆる分野
ほぼ同等に

天下取る
天下は世界
その王者
これはいわゆる
絶対王者

我が立てる
円教弘布
仏教や
キリスト教と
並び立つべく

旧約の
地方宗教
さまざまな
疑問がありて
深入りはせず

神道は
地方宗派と
申すべし
仏教などと
比較はできず

近代の
革命団と
武士団と
どちらが効果
顕著に出るか

（無血革命成るか？）

改憲の
隠れたテーマ
天皇制
廃止に進むな
行き過ぎになる

革命の
理想の姿
政権の
移行を含む
無血革命

悪質にも
教育効果
なき子には
劣等感を
植え付ける意図

勝利せし
世界革命
東欧に
人類史上
唯一の例

神聖な
曲の調べに
泥を塗る
ケチ付け談議
今盛んなり

好き嫌い
それで十分
蛇《へび》理論
実益のない
理屈の理論

人により
向こうの奥で
蓮開く
酒飲まずして
談議する者

朝の蓮
見ながら君と
釈迦坊よ
人生の苦を
語り明かそう

Ｋ２峰
越えて地球の
最果ての
その向こうには
魔王のすみかが

みずからを
深く究めよ
流れ星
自由を思索
宗教思想

クラゲたち
腔腸動物
体腔が
ヒト科女性の
内腔ならむ

那智の滝
真冬にもしも
氷りなば
その凄惨さ
墨絵のごとし

陽の光
東の方から
昇るとは
日・朝・中と
陽が回ること

創造は
光《ひかり》　皇産霊《みむすび》
音皇産霊《おとみむすび》
二つの霊の
合体に由る

巴雲
光と音の
感受霊
合体に由り
天と地を生む

「源氏」にも
取り上げられし
皇族の
輝く光と
輝く日の御子《みこ》

灯がともる
思いは巡る
ルミナリエ
阪神淡路
大震災の

夢なりし
オリンピックの
踏み込みの
身体《からだ》の技に
すべてを託し

水海《みずうみ》の
湖面に映る
月影に
そよそよなびく
秋風の歌

すがすがし
モーツァルトを
朝聞けば
自由自在な
音の行き交い

闇の夜に
前より響く
音曲に
道開《あ》け広げ
歩み促す

資本主義
実利独占
対するに
共産主義の
政治独占

風遠し
小波さざ波
きらめいて
洒脱な文化
広まりにけり

粋な人
洒脱な浴衣
ひっかけて
湯屋に行くのも
平和のおかげ

もし仮に
飽和均衡
長びけば
多くの場合
需要が怪し

弥次喜多に
小春日和の
波の音
遠くに霞む
近江富士かも

松園の
毛の生え際の
筆使い
余人の及ぶ
ところではなし

女子労組
表の顔は
労組でも
一皮むけば
ヨジれ組合

（ある夜、五首）

開き閉じ
二人の身体
這い回る
夜半の畳に
飛び散りし汗

無音なる
合気の世界
沈黙の
魔術に似たり
枯れ尾花かな

囲炉裏端
二人の腹の
合いし夜
かがり火強く
燃え盛るかな

目を合わす
男と女
一瞬に
意を酌み交わす
遘合《みとのまぐわい》

男女仲
良くも悪しくも
一連の
動きに籠もる
愛恋慕情

長歌なり!!
短歌の壁を
突き破る
吾のスランプを
打開する道

弁証法
保ったままで
世界史を
らせん史と観る
新歴史観

マルクスの
子分集団
「早《は》よせー」と
せっつかれては
けつまずきたり

万国に
プロレタリア軍
開きたり
階級闘争
階級社会

（その時の状況）

革命が
同時進行
する中で
ブルジョア軍の
敗退の道

とにかくに
自己分析は
後回し
労働主たる
我の内面

これがその
ブルジョアジーの
絶滅を
完成するとふ
最終戦か？

階級戦
ブルジョア大王
使う手は
いつでも同じ
金縛りの手

昔から
日本国は
未決定
大切にする
要領の国

低温の
生物物理
バイオでは
分子料理の
科学のレシピ

ダンスでは
動きのリズム
乗せて行け
軽快感と
吸気感とも

和歌の道
傍観者にて
いるよりも
当事者読みが
含蓄深し

室町の
将軍王権
引き継ぎし
徳川王権
非常に固し

大政の
奉還過ぎて
大君の
再登板と
なりにけるかも

近代の
明治維新後の
王権は
天皇実権
言うには難し

（以上四首、日本史概観）

江戸内治
江戸町奉行
担当し
財産・戸籍は
勘定と寺社

（江戸幕府の三奉行制）

勘定と
寺社各奉行
律令の
公地公民
どこが違うか？
（以上、徳川幕府について二首）

天皇の
地位の拠点は
法にあり
今は昔の
太子王権

信長に
秀吉加え
家康に
東大卒は
どの類型か？

東大の
入試の点数
宣伝の
割には低し
六割三分

案外に
毛沢東は
正しきか？
奪権派との
権力闘争

権力の
要所要所を
踏み固め
共産党の
実権集団

（実権派VS奪権派）

奇妙なる
音楽記号
二、三あり
ハープのへ音
チューバのト音

もう既に
始まっている
太陽系
水の惑星
水なくなる日

たまゆらの
荒魂《あらたま》御魂《みたま》
和御魂《にぎみたま》
黄金《こがね》の山に
張り付いて去《い》ね！

蟻地獄
地下の穴より
出て来たり
蟻落とし込む
悪知恵煮える

タナトスに
見入られし人
今日も又
死の断崖を
越えて往きけり

もし仮に
銀河に音が
響くなら
ソロー・ブルーと
色付く音か

ロシア国
争点のなき
開戦か
個人戦争？
国家戦争？

にらみ合う
好戦派対
反戦派
ウクライナでの
対立続く

争点の
緊急政令
不要なり
緊急権は
国会権限

あと一つ
必要なるは
女性党
三大政党
理想のかたち

ジェンダーは
家裁が裁け
女性的
人権問題
建設的に

（女性的人権）

核酸の
秘めた化学は
開かぬか
リンの秘密は
墓場の下か

そこはそれ
天狗仮面の
殿様の
やんごとのなき
お席なるゆえ

人間の
限界線か
横綱の
七十連勝
容易ならずも

現代の
陸・海・空の
武器・兵器
高等兵器も
含まれるはず

革命の
最終戦か
不用軍
日本軍には
歯が立たぬ由

現在を
遡ること
八百年
三上皇が
配流されたとふ

（一二二一年　承久の乱）

「国政の
不関与義務に
違反する」
ひそひそ声で
ささやく聞こゆ

ビラ文化
今でもあんな
使い捨て
宣伝用具
役に立つのか?

円葉集
心葉集
銀葉集
天葉集
文葉集

円き良き
心で銀の
音出せば
天の上にて
文《ぶん》となるなり

東の
空白むなり
薄雲の
朝明けるらむ
夜も終わるらむ

保守政治
打ち破れるか
平和党
分権主義の
集合論理

越すことが
あるのだろうか
角界の
神聖数字
七十連勝

竹笹に
吹き寄せる風
さらさらと
夕日を横切《よぎ》り
過ぎて行くなり

寄せて来る
文学部より
メロディーが
「時には母の
ない子のように」

コロナ禍は
いつまで続く
次々と
感染させて
止むこともなし

ぬばたまの
古代時間の
悠久の
夜空が深く
流れたゆたう

星影は
間もなく遠い
宇宙から
迎えが来ると
語りかけをり

山彦が
響き合いたる
音すなり
深山隠れの
木々の合い間を

ヘーゲルの
世界精神
対しては
舞楽歌曲の
日本精神

御宝《みたから》は
納税者なり
労働の
成果を国に
納付するため

古王朝
応神帝で
終わり遂げ
中王朝は
仁徳開く

（古王朝＝神崇拝）

皇極帝
天智・天武の
たらちねの
国母の帝
新王朝に

（新王朝＝天崇拝）

倭王讃！
歴代倭国
五王とは
中王朝の
大王なるか

（中王朝＝英雄時代）

大統領
その下にある
参議院
一挙に構成
変えてはどうか

（共和主義のすすめ）

参議院
大統領の
議員団
自治圏ごとに
派出をすれば？
（四十七都道府県の大統領直結的統領政府
四十七個）
（アメリカ共和制を参照のこと）
（大統領主権はいかが？）

（憲法改正問題に寄せて）

統領の
四十七の
空席を
埋めたる上に
大統領立つ

（地方自治と大統領の直続）

後進の
競争相手
共進党
女性党をも
抜き去らんとす

春の日の
桜も咲きぬ
そよ風に
身をふるわせて
喜ぶらしも

応神の
ホンダワケの名
見ておれば
ホンダワラとふ
声飛び来たる

太陽の
沈むを見れば
帝たち
京都西山
眠るがごとし

神様も
お化けも同じ
学校で
勉強したし
おんなじ生徒

光なり
カリスマ的な
天皇の
半身半神
ファラオに次いで

代も詰まり
大統領位
有望に
名誉天皇
最後の幕か

残された
天皇制の
幕引きも
ハックニシラスの
最後の仕事

大相撲
四股名を一人
付けるなら
「星汐」といふ
名前が宜し

公共の
福祉なる文字
自由たる
人同士での
互譲を語る

鎌倉の
剣道よりは
剣の術
江戸の道場
数段優る

ロシア軍
ウクライナとの
会戦で
思わぬ苦戦
余儀なくされつ

最新の
科学戦争
時間のみ
空間的な
定型はなし

キリストや
お釈迦様でも
死んだ後
お化けの国へ
行かねばならぬ

党派性
議会制には
普通なり
オウムの党が
必要なるや

通信の
秘密を確保
するために
保安官制
拡充すべし
（護民官制創設でも良い）

日本の
政党政治
「和民党」
平和を好む
平和で一致

国民の
主権保護には
護民官
ローマ法にも
あったと聞けり

ウクライナ
地域紛争
とにかくも
戦火拡大
回避の道を！

後神武帝
ノチノヨシラス
スベラギの
大阪京に
舟渡る見ゆ

（天神祭）

受像機の
複素画面に
突然に
ステルス・レーダー
敵機が映る

今までの
スカラー関数
脇に置く
運動法則
三つを前に

eとπ
円周率と
対数の
要を成せる
πのπ乗（π^{π}）

$\left(\log x = \frac{\log^{\pi}}{\log^{e}} \cdot \pi\right)$

文と散る
君の心の
影なりき
君の光と
なりにやはせむ

東京都
特別区部を
いかにせむ
江戸市創設
その後《あと》のこと

地方自治
組み立て直せば
東京都
今の皇居は
江戸宮殿に

生産も
販売もせぬ
小判鮫
ただ十万円
小判求めて

夜桜を
見せては浪を
寄せ返す
花灯籠の
祇園の小道

地域圏
関西圏と
関東に
さらに別建て
近畿圏かつ
首都圏領域

（仏足石歌）

長歌の部

長歌とは

「五　七五　七五　七五　……（中略）　七　七」の形式をもつ歌である。

厳島神社

よろずはの
万葉集に　歌われた
熟田津出でて　厳島
鹿の鳴くなる　白砂の
音を踏みしめ　我行けば
水紋映す　梁の木に
つばめ飛び来て
子に食べさせつ

安心

たらちねの
母を慕いて　探す子の
目で追う視線　不安気な
気持のすきを　突き破る
「悪き心の　おじさんに
気をつけなさい」と　注意せし
そのおじさんは　遠く去り
母も戻って　キューピッド
地上の平和
元に戻るも

鉄鎖の自由

ルソーの言う
鉄鎖の自由　切り裂いて
ウクライナなる　人々の
今立ち上がる　闘争の
「キーウを守れ」　ブルジョアに
限らぬ叫び　広がりぬ
自由の叫び　不自由を
平和につなげ　民族の
郷土につなげ
団結固し

安倍晴明

晴明の
夜毎の月ゆ　飛び出だす
神社の上に　只ならぬ
霊気を感じ　飛び越せば
霊魂背にし　殺気散る
晴明神社
恐るべきかな

労働主の思想

限りある

資源をうまく　掘り起こし
生活のため　利用せよ
この地の上に　生を得て
生き方すべて　規定され
そのまま死んで　しまえとは
まさかの神も　語るまい
神や仏が　いなくても
我が人生は　我のもの
我が労働は　我のもの
我こそ我の　労働主
裸一貫
労働主
労働手段
労働主宰

大往生

空蟬《うつせみ》の
我が命はも　尽きなんと
次第に弱く　衰へて
大往生も　間近なる
寂しき末の　もの悲し
この世の浄土　一またぎ
あの世へ行かば　楽しまむ
ただただ今は　休みたし
寂光浄土は
苦海の浄土

変身

信長に
秀吉・家康　並び居て
下剋上なる　時代あり
実力のみの　時代なり
天下を狙い　取りに行く
強く華麗な　豪傑の
男舞いなる　時は過ぎ
世は収まりて　和の道の
街道筋を　進み行く
右に左に　目を遣れば
田子・富士山の　姿あり
民なる我も　浮世絵を

物したかりき
気楽に老後

借りものの「頭」

主語に来る
マルクスの世は　過ぎ去りて
円筒形の　筒形に
卒業証書　しまい込み
後は用なし　さようなら
押し入れ本の　一つなる
鉄砲避《よ》けの
ああ、「資本論」

人生哀話

散り椿
都を落ちて　西方へ
六波羅平家　平曲に
空しき業と　唱われた
変転常なる　運命の
敗北の果て　段落《だんおち》へ
潮の目変わる　うず潮に
沫蕩《あわなぎ》消えし　壇ノ浦
戦場悲し
人生哀話

国民主権

天皇の
地位には地位に　ふさわしき
能力ありて　席ありぬ
そのエネルギー　国民の
総意にありと　条文の
唱う心に　力あり
ポテンシャル・エネルギーなる　力なり
存在価値の　力なり
国家主席の　席たりぬ
主権の力　ここに見る
この一条に　日本の
国民主権　ありありと

民の痛みを
見るがごときも

幽霊

世の中は
「女と金」の　浮き世なり
男はそこに　居ぬ世なり
裸劇場　墓ありて
地蔵菩薩を　祭りけり
仏菩薩なる　霊の世を
ふらりふらりと　過ぎて行く
幽霊の身の　哀れなり
酒池肉林の　木陰にて

善悪もなく　己れのみ
中途半端を
毎日生きる

日本神話

天御中主尊
生まれ出で
その後に二霊　次たるに
星座霊ありて　対姿あり
「波に乗れるか　伊弉冉《いざなみ》よ」
「勿論、伊弉諾《いざなぎ》　当たり前」
神世七代は　かく過ぎて
あるとき天の　浮橋に

二人が立ちて　下覗く
挨拶言葉　交わし合い
下をぞ見れば　轟々と
渦を巻きつつ　滝壺へ
水の流れが　落ちて行く
磤馭慮島《おのころじま》は　この底に
天の御柱　常立の
橋立降りて　大八洲
水沫《みなわ》が凝りて　成れるなり
褶曲運動　知らぬなり
多神教なる
神話の世界

地獄

刑罰は
火責め水責め　引力責め
因りて来たるは　自己の内
自己の外には　あらざるに
内心煩悩　経ぬうちに
地獄の底へ　落ちて行く
火責めマグマの　炎焼き
水責め河川　氾濫の
引力の芯　薄れ行き
中心点は　無とならむ
公転軌道　なくなりて
空間の道　空ならむ

以上で地獄
終局遂げむ

国民保護権として

国民の
個人権とて　保護権が
集合権とて　自衛権
どちらも国家の　権利なり
権利と義務の　錯綜は
国家の内と　外側に
保護権又は　自衛権
国民保護に　向かうなり
個人権とは

すべての基本

退化

進化する
それは普通の　ことだけど
個人によっては　そうならず
退化して行く　者のあり
哀れに悪く　なって行く
生きれば生きる　ほどごとに
ますます坂を　ころげ落ち
いつまで経っても　出発点
付近を右往　左往する
退化をいつも　たどる者

あなたは何を
欲して来たのか

ガンダーラ

ガンダーラ
今宵の月は　インダスに
映じているか　澄み切った
水面《みなも》の上に　さんさんと
光をとどめ　揺れている
その文明に　抱かれて
日本は育ち　仏たち
多くの僧を　生み出した
交戦権を　捨てた国

今の日本は　戦争に
参加するさえ　拒絶した
当然ながら　戦には
いつも関係　なしとなる
他国を守る　要もなし
自国をのみぞ　守れかし
安楽国と　なれよかし
日本文明
永遠であれ！

救世観音

斑鳩の
和の御寺なる　仏像の

観音菩薩　夕日受け
真っ赤に染まる　夕焼けに
全て静まる　零次元
世間の空気　急変し
豊《とよ》聡《と》耳《みみ》も　耳ざとく
異変聴き分け　白毫《びゃくごう》を
使って電波　送り出す
耳識の利剣　岩屋戸に
当たりてもなお　法隆寺
救世観音は
たたずみまつる

針葉弾

忍術の
針葉弾も　不可欠か
ノーベルさえも　考慮外
針の刃に　代わる武器
間接タッチ　銃剣の
威しの付いた　催促は
殺しも辞さぬ　固い意志
それを奪って　逆使用
奪権闘争　足許に
感じはすれど　動きなし
不戦派でもなく　平和主義
目の上のコブ　取りぬべし

その手段とて　針爆が
役に立つなら
うれしきぞなも

三者凡退

目の前の
女体をなぶり　もみしだく
お湯の温度の　温かさ
ぽかりぽかりと　浮く乳房
オッパイ・オッパイ　浮く乳房
うすらすけべえ　あかんたれ
女の舌が　からみつく
真っ赤な舌が　からみ込む

男根長く　ひくついて
女の背中　這い尽くす
陰唇線も　開け広げ
男の陽棒　受け容れて
地上天国　性一夜
夢一夜とは　なりぬらん
陰裂塗りの
陽根一夜

人物主義

ありのまま
ひっくり返せば　なしのまま
ありとなしとが　出会うとき

（蟻と梨とが　出会うとき）
ありかなしかを　選ぶとき
なしならなしと　心得よ
ありならありと　納得の
心に納める　術もあり
心の蔵に　留め置かん
有情《うじょう》の心　落ち着かん
理屈も骨に　張り付かん
蟻と梨とは　生き者の
動物・植物　代表し
全人物が　全員を
それぞれ各自　代表す
個人主義とは
人物主義ぞ

自己とは

自己否定
対自存在―我を生み
即自存在―我が他方
日常的に　飯を食う
対自と即自　そり返り
日常矛盾　常に在り
矛盾結合　我は又
性結合も　行いぬ
労働力を
安く売る我

大前提

存在は
意識を規定　すると言う
人の存在　意識より
先に在りつつ　本質を
にじみ出しては　常に在り
本質よりも　先に立つ
存在なるは
かくの如きか

短歌の部

ほむら立つ炎の中の蛾のいのち我が目の前にピン止めしたし
速水御舟「炎舞」を前にして

歳を経て老いぬる夫に君恋し恋い心なお燃え盛る見ゆ

真剣な男女の性は炎立つ熱きものにて是有り候

神通る感覚神経全身の神の経路を神経と言う

東大のブルジョア主義に京大の貴族主義的特質ありぬ

「生き上手《じょうず》　生きべた」とあり人生は上手に生きるコツは自分で

臥《が》竜《りょう》山《ざん》仙人住むと人の言うこの山に来て一休みせむ

またしても人間殺し始まりぬスラヴ民族亀裂入りたり

ヘリウムのプロトン二個と何らかの力の許す水素の二個へ

物質に円運動の反作用励起させれば核分裂か

液体の超流動は関数の微分不可能コロイド現象

永世中立条文二つについて、二首

九条と九十八条日本に永世中立基本権呼ぶ

日本の永世中立鉱脈の遠慮がちなる憲法条文

あればなお役には立とう簡素なる宇宙の中の光感受計

太陽は公転・自転今もなし一体なぜかニュートンを読む

雲の上成層圏ならいざ知らず宇宙空間どこまで指すか

ニュートンの運動物理慣性の法則により一緒に動く

マルクスの法則なるも科学上心理と物理両者含めよ

マルクスは説明尽くすか経済の心理過程と物理過程の

経済の心理過程を究明し積分使えば事は可能か？

自然界数理的なる現象と想定すれば哲学成るか？

ヘーゲルにならいて編を編まむとす数理現象学の成り立ち

認識の純粋理性行く末は規範意識を生み出さむとや

宗教も芸術までも極限の茫然自失もたらすと言う

以上二首、カント哲学

権利者と義務者の間あらかじめ関係づける公衆道徳

法の本質を詠む

絵図に見る疑い過ぎるデカルトの眼の周囲にも疲れがにじむ

デカルトの疲れ

サルトルの弁証法に哲学の初歩の姿を学ぶ我かな

自分弁証法のこと

栗よりも甘き果実をえぐりては口にほお張る少年の頃

青雲の夢追い来たる 志《こころざし》 潰え破れて邪悪の道へ

金星の男ばかりのポンチ県偏角のなき魔が差す時刻

ハーバード世界一なる大学に胸を借りては自己を鍛える

王道

女性とはブラック・ホールにあらざるか抗《あらが》いがたき魔力を秘める

カミ星《ぼし》とオニ星《ぼし》のほかヒト星《ぼし》が互いの秩序守りて動く

宇宙秩序

将軍の率いる軍の拠りどころ「三垂線の定理は正し」
カミ垂線、オニ垂線、ヒト垂線

サルトルを信じる人の心には涙に映る月影がある
踏み絵

米人は基本的には欧州人今に黒人国になろうと

日本人米人など不必要？・在日米軍基地の扱い

深《しん》宇《う》宙《ちゅう》どこか遠くの悲《ひ》空《くう》間《かん》気分和らぐアニメの質も

人間の涙模様の悲感情波立ち騒ぐこの異空間

「源氏」より歌麿的な浮世絵へ町人国家の貴人文化史

日本の民事・刑事の普通法大きな動きまだ現れず

憲法典国号入りの最高峰その他の法を後に従え
法の行進

ことわざは普通人ならこうなると教えるヒトの人文法則

レーダーの実数軸と虚数軸両者は別と想定すべし

搾取なる原罪主義の押し付けを論理に使うか原罪主義者

ある夜、四首

♂《オス》のツノ♀《メス》の腹部を貫きて波打ち際《ぎわ》に悶え居るかも

暇々に女のからだていねいにさすれば弓のごとく反《そ》り行く

妻の顔合い間《ま》合い間《ま》に察すれば疼いて濡れて開け行くらし

全裸なるからだの線の曲線の動きに和性まとわりつくも

原罪につき、三首

旧約の論理はまさに経済の原罪主義の思想大系

原罪を権力的に押し付けて告白迫る、問題なきや

旧約と「資本論」とに共通に原罪主義が隠れたテーマ

自由とは自分由来の即自的道徳律と考えるべし

紫のうたた笹竹降る雨にその葉もゆれる小刻みの風

ついに来た星の王国輝ける宇宙の一角立方星に

以下、サルトル哲学を詠む、二首

自由とは自分に根ざす自己規律隅々にまで行き渡ること

対自道徳

本来の対自存在自由なら対他存在周りの景色

即自存在＝今までの無邪気な私

京大の対自学生歩くそば対他点景桜咲きたり

古池にトノサマガエル跳び込まむコドモガエルも音立てむとす

独裁者一人立法定立を可能にせんと幕府を開く

弁証法上昇・下降もたらしつ正・反命題分離しつつも

浦安の馬小屋育ちの吾が願い柔らかな坂往き来すること

数学の合同式の第m層第n回転秘密が多し

徳川の幕府守りし鎖国史はある種の意味で役に立つらむ

青空に白く浮き立つ姫路城誇らしそうに威容を正す

公衆の道徳超えた「公共の福祉」に反する行為はアウト

自由にも自分の秘密あからさま少しは秘密主義も忘るな

神様と王様・殿様数々とどちらが偉いか若様の目で

下剋上戦国時代大名家有為転変は日常の事

戦時下の原爆時代天皇家動き回るもやむを得ざるか

不思議にも聖徳太子の著作物マグマの底ゆ現われにけり

ユダヤ商独占主義と煩悩とこれは独占煩悩ならずや

隣人愛

ユダヤ人常に世界に散らばれりユダヤ普遍主義不可解なるか

水晶宮ユダヤ独占支配をも可能にすると教えしものか

以上、ユダヤ人三首

キリストを詠む、二首

キリストの教訓正しその先に明かるき社会待ち受けるのか

キリストをユダヤの民の国王と思えば倭国誰れに当たるか

贈り物ふたを開ければいさめ箱パンチ・ボックスいきなり殴る

大空の月を見ながら涙ぐむモーツァルトはかつての俺か

時々は気分のどかな日もあらむ明石に住みし日本原人

うず潮とうず巻き風に誘われて連れて来られし海神《わたつみ》の宮

神戸とは神の住まいへ続く道その入口に立つ緊張すべし

紀州の矢空の海原けふ越えて蛇《へび》の奴輩《やつばら》水底へ行け

世の中にひねくれ者の罪多し安易にヒトを信じるべからず

著者プロフィール

湯浅 洋一（ゆあさ よういち）

1948年2月4日鳥取市で生まれ、1歳の時より京都市で育つ。

京都府立桂高等学校を経て京都大学法学部卒。

卒業後、父の下で税理士を開業し、60歳で廃業するまで税法実務に専念。

のち、大津市に転居し、執筆活動に入る。

著書に、『普段着の哲学』（2019年）、『仕事着の哲学』『京神楽』（2020年）、『円葉集』『心葉集』（2021年）、『京神楽　完全版』『銀葉集』『和漢新詠集』『藤原道長』『天葉集』『文葉集』『普段着の哲学　完全版』（2022年）、『仕事着の哲学　完全版』『趣味着の哲学』（2023年、以上すべて文芸社）がある。

稔葉和歌集

2023年 4 月15日　初版第 1 刷発行

著　者　湯浅 洋一
発行者　瓜谷 綱延
発行所　株式会社文芸社
〒160-0022 東京都新宿区新宿1－10－1
電話 03-5369-3060（代表）
03-5369-2299（販売）

印刷所　図書印刷株式会社

ISBN978-4-286-25093-9